인생은 짧고
고양이는 귀엽지

어린 고양이들의 귀염뽀짝 성장 스토리

인생은 짧고
고양이는 귀엽지

이용한 글·사진

위즈덤하우스

아깽이도 고양이가 처음이라서
모든 게 서툴고 막막합니다

무적의 아깽이가 출동했으니
지구가 시끌벅적해지겠죠

제 3 부

때때로 배우고 익히며 ··· 123

세상엔 무수한 위험이 도사리고 있지만,
그보다 많은 즐거움과 먹을 것들이 널려 있죠

제 4 부

고양이계의 일원으로 ··· 181

결국엔 귀여움이 세상을 지배할 거고,
최후의 승자는 고양이가 될 거예요

제1부

태어나 보니 고양이

아깽이도 고양이가 처음이라서
모든 게 서툴고 막막합니다

아깽이는 어미고양이의 배 속에서 약 2개월을 머물다 세상 밖으로 나온다. 눈도 뜨지 못하고 귀도 열리지 않았지만, 갓난쟁이는 오로지 냄새와 감각에 의지해 엄마를 찾고 젖을 문다. 이 시기에 아깽이는 스스로 배설도 하지 못하므로 엄마는 항문 주위를 핥아서 배설을 유도하고 그 흔적까지 먹어치운다. 출산 후 태반과 탯줄은 물론 배설물까지 먹어치우는 이유는 간단하다. 천적의 침입으로부터 새끼들을 안전하게 지키기 위함이다.

스스로 체온조절도 할 수 없는 갓난쟁이는 순전히 엄마의 체온으로 온기를 유지하고, 엄마의 그루밍으로 열기를 식힌다. 새끼들은 유일하게 엄마의 초유에서 바이러스 항체를 얻기 때문에 이 시기의 수유는 직접석으로 아깽이의 건강과 영양 상태를 좌우한다. 만일 이때 어미고양이의 영양 상태가 좋지 않다면, 아깽이에게도 고스란히 전해져 병약한 몸으로 자라게 된다. 본디 집고양이는 한 달 반 정도 수유를 하면 젖을 떼지만, 먹이를 구하기 어려운 길고양이는 수유 기간이 훨씬 길어질 수밖에 없다. 먹이 환경이 좋지 않을 경우 어미는 3~4개월까지도 수유를 한다.

나비효과가 뭐냐면,
한 마리 고양이는 또 한 마리를 데려오게 만든다는 거다냥!

아깽이는 생후 일주일 안팎에 눈을 뜨고, 보름이 지나면
아장아장 걸음마를 시작한다. 걷기 시작한 아깽이는 놀라울 정도
로 빠르게 성장하는데, 생후 한 달 정도가 지나면 어디든 쌩쌩 딜

릴 수 있는 상태로 성장한다. 이때부터 아깽이는 못 말리는 호기심쟁이, 장난꾸러기가 되어 엄마를 괴롭히고 형제들과 요란하게 놀이를 즐긴다.

아깽이에게는 어미고양이가 세상의 전부이며 롤모델이다. 아깽이는 어미의 행동을 모방하면서 어엿한 고양이로 성장해 나간다. 만일 먹이 부족으로 어미고양이가 육묘에 쏟는 시간보다 바깥을 떠도는 시간이 훨씬 길게 되면, 아깽이의 사회화나 정서적 성장도 그만큼 더딜 수밖에 없다. 어미고양이가 사람들과의 유쾌하지 못한 경험으로 인간을 멀리한다면 새끼들 또한 인간과 친밀감을 형성하긴 어렵다. 엄마의 보살핌은 아깽이의 미래, 신체 발달, 성격, 인간과의 친밀감, 사상 기술과 운동 능력 등 거의 전 분야에 걸쳐 영향을 미친다.

육묘 기간에 어미고양이는 여러 번에 걸쳐 둥지를 옮긴다. 양육 장소가 고정돼 있다 보면 그만큼 천적에 노출될 위험이 크고, 위생적으로도 좋지 않기 때문이다. 어미고양이의 성격에 따라 이소에 걸리는 시간이 달라지기도 하는데, 예민한 어미일수록 그리고 새끼가 많을수록 더 오랜 시간이 걸리는 편이다. 실제로 주변에서 오전에 시작한 이소가 저녁이 다 되어서야 끝난 사례도 있다. 약 일곱 시간이 걸린 셈인데, 어미고양이의 고충을 짐작할 수 있는 대목이다. 아마도 어미가 목덜미를 물고 새로운 장소로 데려온 아깽이는 불안감에 이옹이옹 울었을 것이고, 어미는 또 그런 아깽이를 안정시키고 잠을 재우느라 노심초사했을 것이다. 본래 둥지에 남겨진 아깽이 역시 불안감에 울며불며 엄마를 찾아 바깥을 기웃거렸을 것이다. 그렇게 두 군데를 오가며 아깽이를 옮기고 또 재우기를 반복했으니 오랜 시간이 걸릴 수밖에 없었을 것이다.

모계사회인 길고양이 사회에서는 혈연관계이거나 친한 암컷끼리 공동육아를 하는 경우도 있는데, 이 또한 천적의 공격으로부터 새끼들을 보호하기 위한 자구책이다. 어미가 먹이를 구하기 위해 둥지를 비우게 되면 아깽이들이 그만큼 외부에 노출되거나 위험한 상황이 발생할 확률이 높다. 아무래도 혈연관계가

아깽이 육묘에 있어 어미고양이의 역할이 절대적인 데 비해
아빠고양이는 거의 수행할 역할이 없다.

같은 처지의 엄마라면 안심하고 새끼를 맡길 수 있을 것이다. 물
론 먹이가 풍부하고 안전한 급식소에서는 어미가 따로 먹이 활동
을 나가지 않더라도 공동육아를 하는 사례가 흔한 편이다.

지구에서 고양이로 살게 되었습니다.
어서 바깥세상을 보고 싶어요. 엄마 품처럼 이 세상도 아늑하고 포근할까요?

지구에 온 걸 환영합니다.

엄마가 된다는 건, 책임진다는 것.

엄마도 엄마가 처음이라서 서툴고,
꼬물이도 고양이가 처음이라서 막막합니다.

아직은 엄마 껌딱지.

태어나 보니 고양이인 녀석에겐 엄마가 세상의 전부나 다름없어요.

저게 웬 솜뭉치냐 하고 봤더니….

고양이가 태어나 눈을 뜨고 걸음마를 시작하면
엄마의 삶은 몇 배로 바빠지고 걱정은 몇 십 배로 늘어나죠.

엄마에게 급히 달려가다 코방아 찧음.

아이가 코방아를 찧거나 둥지 밖을 헤매는 정도는 약과예요.

세상은 복잡하고 험악해서
요 작은 아이 혼자 살아가기엔 너무 가혹하죠.

엄마가 잠시 한눈을 팔면 미아가 되거나 납치를 당하기 십상이에요.

아깽이가 자랄수록 더 크고 안전한 집이 필요합니다.

걱정 마, 아기야! 더 좋은 곳으로 이사 가는 거니까.

이왕이면 근처에 급식소와 묘치원이 있다면 금상첨화죠.

말 그대로 개천에서 냥 났다. 도랑가 바위틈에서 태어난 또랑이네 아이들.

하지만 없는 살림에 내 집 마련은 결코 쉬운 일이 아니에요.

"저는 아무것도 몰라요" 하는 표정으로 눈망울만 데굴데굴 굴리고 있으면···
귀엽습니다.

목이 좋은 역세권이나 급식소 영역은 꿈도 꿀 수 없죠.
그저 텃밭의 더부살이만이라도 벗어나면 다행이에요.

아이들은 먹고 돌아서기가 무섭게 또 배가 고프다며 보챕니다.

엄마 모르게 스파이가 한 마리 잠입한 거 같다냥!

옆집에서 장 보러 간다며 다 큰 아이를 맡기고 갈 땐 정말 대책이 없죠.

노랑 잉크가 모자랐던 어미고양이.

그래도 하루하루 아이들이 크는 걸 보면 마냥 대견합니다.

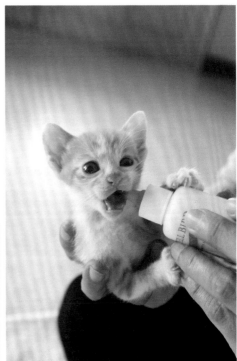

엄마의 역할을 인간이 대신할 때도 있지만,
고양이 엄마만큼 훌륭한 양육자는 없습니다.

아깽이가 젖먹이에서 벗어나면 엄마에겐 배달부 역할이 추가됩니다.

엄마의 밥 배달.

밥과 간식을 수시로 물어 날라야 하죠.

지붕에서 기다리는 아이를 위해 엄마는 플라잉 캣(flying cat)이 되기도 합니다.

하늘 배달부.

아이들의 안전을 위해 기꺼이 엄마는 위험을 감수하죠.

"엄마가 여기서 꼼짝 말고 기다리라고 했어요."

엄마가 잠시 자리를 비웠다는 것만으로도
아깽이는 우주 미아라도 된 듯 불안과 두려움을 느낍니다.

하지만 걱정 마세요. 그곳이 어디든, 엄마는 반드시 옵니다.

기다리던 엄마가 왔어요.

엄마가 오면 잔뜩 움츠려 있던 아이들도 안심하고 냥루랄라 장난을 치러 가죠.

"오늘은 비가 와서 나갈 수가 없다냥!"

비도 오는데, 오늘은 먹이를 구하러 간 엄마가 늦는 모양입니다.
빈손으로 귀가하고 싶지 않은 엄마가 어디선가 비를 맞으며 떠돌고 있겠군요.

"우리 집 아인데, 통 숫기가 없어서… 잘 부탁드려요."

어떤 엄마는 급식소에 아이를 데려와 정식으로 소개를 합니다.

경계심을 보이면서도 한 발자국 가까이 다가온 아깽이.

용감하게 먼저 나서서 인사를 하는 아이도 있죠.

"난 발 젖는 게 제일 싫어. 내 발은 소중하니까!"

네, 통계적으로 희박하긴 하지만, 밥을 포기할 만큼 발 젖는 걸 싫어하는 아이도 있어요.

어쩌죠? 고양이에게 포위당했어요.

귀염뽀짝 아깽이들을 앞세워 캔따개를 공략하는 엄마도 있죠.

평화롭다는 것. 엄마는 졸고, 아깽이는 그루밍하고, 잠자리는 날아다니고….

급식소 가는 길이 이런 풍경이라면 매일 소풍 가는 기분이겠죠?

하지만 차도 많고, 사람도 많은 도심에서는 함부로 아이들을 데리고 다닐 수가 없어요.

천사 강림.

이런 천사표 아이가 냉혹한 길 생활을 견딜 수 있을지 걱정입니다.

사랑하는 엄마에게 받들어 꼬리!

아깽이들에게 엄마는 보디가드이자 요술쟁이고, 119 구조대원이자 선생님이죠.

"오구오구 내 새꾸."

엄마 앞에선 모든 아이가 맘놓고 어리팡을 부립니다.

훼방꾼이 나타났다.

가끔은 엄마의 사랑을 독차지하고 싶어 돌발 행동도 서슴지 않죠.

"이거 놔라냥. 목욕하기 싫다냥!"

한 아이를 키우려면 강철 같은 체력과 부처 같은 인내심,
그리고 무엇보다 무조건적인 사랑이 필요합니다.

엄마라는 수면제.

체력이 중력을 이기지 못한 엄마는 자꾸만 눈꺼풀이 내려앉지만,
곯아떨어진 아이를 지키느라 선잠을 자죠.

"엄마는 내가 지킨다옹!"

뭐 가끔은 잠든 엄마를 지키는 효자도 있긴 하지만,
확률상 뒷산에서 돌고래를 만날 확률보다 낮아요.

"대체 뭘 먹은 거냐? 아무리 내 새꾸지만… 웩!"

내 새끼라는 이유만으로 고약한 냄새를 참아가며
똥꼬 그루밍까지 마다하지 않는 엄마의 사랑을 아이들이 알기나 할까요?

"울 애기들 이쁘쥬? 그렇다고 언감생심 데려갈 생각은 말어유!"

이렇게 물심양면 보살피고

"이쁜 내 새꾸한테 자꾸 눈독 들이지 말라옹!" 엄마냥의 매서운 눈초리에 깨갱.

불철주야 지켜주는 엄마의 사랑을.

"윽, 가까이 오지 마! 나 심장 약하단 말이야!"

그러거나 말거나 아깽이는 열심히 귀여울 따름입니다.

지붕 위 회색 솜털 아이, 누굴 닮았나 했더니 아빠 빼박.
아빠는 자기 닮은 아기 보려고 가끔씩 지붕을 오르내리는데, 엄마냥이 없을 때만 슬쩍 눈치 보며 찾아오는 듯했음.

그러거나 말거나 아빠는 자식의 귀여움만 누릴 줄 알지 육아는 뒷전입니다.
엄마는 양육비도 안 대고 자기 자식만 슬쩍 만나고 가는 아빠가 못마땅하죠.

"내가 아빠라는 거 티 나냥?"

뭐 가끔은 아이와 산책도 하고 놀이동산도 다녀오는 아빠가 있긴 하지만,
확률상 돌고래와 고양이가 사랑에 빠질 확률보다 희박합니다.

공동육아의 현장.

차라리 아빠보다는 이웃집 순돌이 엄마가 육아에 훨씬 도움이 되죠.
아이를 맡기고 잠시 콧바람이라도 쐬고 오면 한결 마음이 순화됩니다.

무적의 아깽이, 지구 뿌시러 출동.

더러 어려서부터 함께 자란 개 친구의 도움을 받기도 하죠.
무뚝뚝하긴 해도 애는 아빠보다 잘 봅니다.

"엇, 우리 엄마가 아니네!"

공동육아를 하다 보면 종종
아이가 똑같이 생긴 이모를 엄마로 착각하는 해프닝도 벌어지죠.

아무래도 엄마가 헷갈릴까 봐 아깽이 이마에 먹물자국 I, II, III 찍어놓은 것 같다.

하지만 정말로 난처한 경우는 쌍둥이처럼 생긴 자식들을 구별하는 거죠.

"어디 가서 우리가 가족이라고 말하면 안 돼, 알았지?"

어떻게 엄마가 그럴 수 있느냐고요? 충분히 그럴 수 있습니다.

귀염뽀짝 아깽이의 뒷모습. (앉아서도 꼬리 바짝)

이러구러 시간은 흐릅니다. 꼬물이는 자라서 제법 고양이다운 자태를 뽐내죠.

박스에 새끼를 여섯 마리 낳은 어미고양이, 극성스럽게 먹이고 핥아대더니 한 달 후 아이들을 이렇게 변신시켰다.

이게 다 모든 순간을 함께한 엄마 덕분이에요.

부쩍 자란 아깽이는 이제 세상의 끝까지도 갈 수 있을 것만 같죠.
세상이 그렇게 만만하지 않다는 것을 녀석이 알 리 없으니까요.

제2부

열심히 먹고 놀다보면

무적의 아깽이가 출동했으니
지구가 시끌벅적해지겠죠

고양이는 일생의 3분의 2를 잠으로 보내는데, 갓 태어난 새끼는 하루 중 거의 90퍼센트를 잠으로 보낸다. 잠이 많은 만큼 꿈도 많이 꾸는 걸까. 알려진 바로는 고양이가 그 어떤 동물이나 사람보다 꿈을 꾸는 시간도 훨씬 길다고 한다. 그러므로 지구상 최고의 몽상가는 고양이인 셈이다.

아깽이는 생후 4~5주가 되어야 유치가 자라서 이유식을 먹을 수 있게 된다. 집 안에서 보살핌을 받는 아깽이는 물이나 고양이용 우유로 불린 자묘용 건사료를 이유식으로 주면 되지만, 길고양이는 어미가 물고 오는 먹이에 의존할 수밖에 없다. 야생에서는 이 시기에 아깽이들이 거친 음식을 먹느라 이가 부러지거나 입 안을 다치는 경우도 다반사이다. 유치가 자란 아깽이들은 이제 눈에 보이는 모든 것을 물어뜯으려 하고, 모든 것을 사냥하려고 한다. 본격적인 사냥 연습과 싸움 놀이가 이때부터 시작되는 것이다.

오는 비 쫄딱 맞고 밥 먹으러 온 아깽이들. 고슴도치가 되어버렸다.

고양이에게 놀이는 인간의 오락과는 그 성격이 다르다. 아깽이는 다양한 놀이를 통해 민첩성과 순발력을 기르고, 근육 강화와 신체 발달, 감각 훈련은 물론 사냥과 싸움의 기술을 습득한다. 아깽이에게 놀이는 곧 생존 훈련이자 체력 단련인 셈이다.

뿐만 아니라 이를 통해 스트레스와 긴장을 풀고, 고양이끼리의 유대와 친목을 도모한다. 사실 아깽이에게 놀이는 실전이 아니고 연습이므로 실수를 하거나 패배해도 문제가 되지 않는다. 바로 이런 점이 새끼들을 더욱 용감하고 과감하게 만든다. 꼬리와 털을 한껏 부풀려 선전포고를 하고, 사이드 스텝으로 자신을 과시하며, 직립 자세로 상대를 위협한다.

아깽이가 선보이는 싸움의 기술은 실로 다양하다. 텀블링과 점프, 레슬링과 격투기는 물론 은폐와 엄폐, 눈속임과 삼십육계 줄행랑을 자유자재로 시도한다. 엄마나 형제자매의 꼬리를 잡는 놀이는 최고의 사냥 놀이다. 꼬리를 내주는 입장에서는 이만저만 귀찮은 일이 아니지만, 공격을 하는 입장에서는 이보다 재미있는 사냥감이 없다. 심지어 녀석들은 혼자서 꼬리잡기 놀이를 하는 것도 좋아한다.

아깽이 싸움 놀이만큼 재미있는 구경은 없다.

　　이쯤 되면 녀석들에게 애당초 유희 본능이 있는 건 아
닌지 의심하게 된다. 도심이 아닌 야생에서 아깽이들은 나무 타
기나 벌레 잡기, 숨바꼭질, 낚시, 우다다를 통해 생존 훈련을 즐

긴다. 아깽이들에게는 자연의 모든 것이 장난감이고 놀이 기구나 다름없다. 인간에게는 그깟 놀이가 하찮고 같잖아 보일지 모르지만, 요 녀석들에게는 세상 무엇보다 재미있고 유익한 것이 놀이인 셈이다.

아깽이는 주로 한배에서 태어난 형제자매와 논다. 서로가 서로의 파트너가 되어주는 것이다. 이때 어미는 새끼들을 바라보고 지켜주면서 곁에 보호자가 있고 안전하므로 마음놓고 놀이를 즐겨도 된다는 사실을 일깨워준다. 싸움 놀이를 통해 자연스럽게 형제들끼리의 서열도 결정되며, 서열 사회의 질서도 배우게 된다.

아깽이가 사뿐사뿐 지구를 밟으며 걸어갑니다.
녀석이 걸어간 만큼 지구가 부풉니다.

아깽이가 이렇게 냐앙~ 하며 다가오면 귀여움이 백배 상승합니다.

아이의 발걸음이 경쾌한 걸 보니 엄마가 밥 먹자고 부른 모양이에요.

"뭐 비린 국물 같은 거 없냥?"

밥상에 불만 있는 아이가 없지는 않지만

아예 그릇째 차지하고 밥을 먹는 욕심쟁이.

대부분의 아깽이는 밥그릇 앞에서 욕심쟁이가 됩니다.

심지어 먹다 지쳐 잠이 드는 아이도 있죠.

온 가족이 밥상머리에 둘러앉아 아득까득 밥을 먹는 모습은 보기에도 참 좋습니다.

둥그렇게 둘러선 치열한 먹이 대열 속에 당당하게 한자리 차지하고 밥을 먹고 있는 노랑 아깽이.
그래, 밥 많이 먹고 훌륭한 고양이가 되어라.

밥그릇 앞에서 양보나 배려는 미덕이 아니에요.

아깽이가 밥그릇 비었다고 온몸으로 시위 중.

원하는 게 있을 땐 당당하게 요구하는 거죠.
"어서 밥을 대령하라!"

요 녀석 물 마시러 왔다가 제 얼굴 비치는 게 신기한지 계속 저러고 있음.

"목욕물 말고 먹을 물을 달라!"

"오늘도 잘 먹고 갑니다." 꾸벅.

그래도 가끔은 캔따개에게 묘심 한번 쓰세요.
인사 한 번, 발라당 한 번이 고봉밥으로 되돌아오는 법이에요.

우리는 꼬리 동무.

아깽이 시절엔 순전히 밥심으로 놀고, 밥심으로 싸우죠.

꼬리 사냥.

엄마 꼬리는 가장 만만한 사냥감이랍니다.

심지어 두 마리가 동시에 꼬리와 허리를 노릴 때도 있죠.

나비처럼 날아서 왠지 배로 착지할 것 같은 불길한 예감이….

엄마가 없을 땐 옆집 언니의 꼬리를

그마저도 없을 땐 자기 꼬리를 가지고 놉니다. 참 별 '꼬리'죠.

"아, 정말 놀이방에라도 보내든가 해야지."

엄마는 말썽쟁이 아이들에게 "안 돼", "하지 마"라는 말을 달고 삽니다.
아이들은 뭐 그래도 개의치 않습니다만….

장난을 치다가도 카메라를 의식하는 녀석들.

사실 아깽이들의 놀이와 장난은 생존 훈련입니다.
성묘가 되었을 때를 가정한 가상현실 체험 같은 거죠.

"윙가르디움 레비오우사~!" 슈슝!

뭐 이렇게 자기들끼리 액션 영화도 찍고

까꿍 놀이도 합니다.

"쫌만 더 밀어보자. 거의 다 넘어간 거 같아."

가끔은 자신을 어벤져스의 일원으로 생각하거나

"너, 주머니에 있는 거 다 내나 봐!"

느와르의 주인공으로 여기는 녀석도 있죠.

낚시가 취미인 냥태공 모임. 각자 역할 분담을 하고 본격적인 출조에 나선다.

개중에는 공사다망한 집사를 대신해 낚시놀이를 즐기는 녀석들도 있습니다.

깨끗하게 마당 쓸어놨는데, 아깽이가 이렇게 나뭇가지 물어뜯고 장난치면…
막 그냥 지구 뿌셔, 심장 뿌셔, 엄청 귀엽습니다.

아깽이들에게 놀이는 국영수보다 중요한 교양 필수 과목이에요.

고양이들에게 가장 사랑받는 인간의 발명품이 뭘까요?

바깥에 박스를 내놓으면 생기는 일.

네, 두말할 것 없이 박스입니다.

"나를 국대로 뽑으라옹!"

축구도 좋아하죠. 드리블 영재인 고양이가 수비수 한두 마리쯤 제치는 것은 일도 아니에요.

고양이 발사 2초 전.

아깽이 시절엔 움직이는 모든 것이 사냥감이며 장난감입니다.

고양이 발사!

심지어 엄마조차도.

"오늘은 진정한 무림의 주인공을 가리자."

아무것도 모르는 어린 시절엔 세상 무서울 것이 없죠.

그냥 지나가던 언니, 아깽이에게 봉변당함. 뒷감당을 어떻게 하려고….

더러 무모한 녀석들은 덩치 큰 언니를 붙잡고 시비를 걸다가 큰코다칩니다.

묘생이란 어쩌면 세상 무서울 것 없던 '용자' 시절을 지나
세상 모든 것이 무서운 '쫄보'가 되어가는 것일지도 모르겠습니다.

급식소 현관 앞을 놀이터로 만들어버린 아깽이들.

하지만 오지도 않은 미래에 대해 벌써부터 걱정할 필요는 없어요.

지금은 그저 다시 돌아오지 않을 이 순간을 즐기는 게 최선이죠.

"에구 신발 끈이 이게 뭐냥?" (주섬주섬 끈을 묶… 기는 뭘 묶어 막 물어뜯어)

좋아하는 것을 좋아하고

"괜찮아, 혼자 놀면 돼!"

나 자신을 소중하게 여기며

나비 날아간 지가 언젠데… 뜬구름 잡고 있네.

남 몰래 무공을 연마하거나

요래요래….

실력을 키워가는 거죠.

"잠깐만요! 바지가 자꾸 흘러내려서…."

남의 시선 따위 신경 쓸 필요 없어요.

떡은 고양이가 될 수 없지만, 고양이는 떡이 될 수 있습니다.

놀이에도 때가 있는 법이죠. 놀 수 있을 때 최선을 다해 노는 거예요.

더 놀고 싶은데, 졸려서 자꾸만 눈이 감기는 게 속상한 아깽이.

물론 잠까지 설쳐가며 놀 필요는 없지만.

"너랑 더 놀고 싶지만, 지금은 넘 졸려!" 서서 조는 고양이.

설마 이 녀석 자면서도 노는 꿈을 꾸는 건가요?

"난 원래 이렇게 잔다옹! 방해하지 말라옹!"

잠든 아깽이만큼 사랑스러운 존재도 없죠.

평화라는 게 있다면 바로 이런 게 아닐까.

진정한 평화는 아이들이 잠든 순간에 찾아오는 법이에요.
육아 중인 엄마들에겐 더더욱.

날도 더운데, 아깽이들이 이렇게 다닥다닥 붙어서 자면… 귀엽습니다.

사실 엄마들은 팔이 열 개라도 모자라죠.
보채고 우는 아이들을 어르고 달래 재우고 나면 녹초가 됩니다.
그렇게 아이 넷을 재우고 나면 수명이 4년은 짧아진 것 같죠.

곰돌이를 한 마리 손에 쥐고 잠들었다.

잠든 아이들을 보며 엄마는 말합니다.
아이들은 잠이 들었을 때만 천사라고.

"베개가 너무 높아 잠이 안 온다냥!"

그래도 다행입니다. 아깽이는 하루 18시간 이상 자니까,
대부분의 시간이 천사라는 거잖아요.

"음, 이젠 뭐 하고 놀까?" (지구를 뽀사뿔까? 아님 전봇대 뽑아뿔까?)

방금 잠에서 깨어난 천사가 악마의 궁리를 합니다.

어슬렁어슬렁.

녀석이 놀거리를 찾아 거리로 진출했으니, 그만큼 지구도 시끌벅적해지겠군요.

제3부

때때로 배우고 익히며

세상엔 무수한 위험이 도사리고 있지만,
그보다 많은 즐거움과 먹을 것들이 널려 있죠

인간의 언어와 체계는 다르지만 고양이에게도 소통을 위한 언어가 존재한다. 인간의 아이가 가족 속에서 말을 배우듯 아깽이도 엄마에게 다양한 의사소통 방법을 배운다. 이렇게 배운 언어는 놀랍게도 아깽이가 성장해 다른 무리의 고양이와 만나게 되더라도 통역 없이 그대로 통한다. 고양이는 소리(야옹, 하악, 가르릉, 캬르르)의 장단과 강약, 진동을 통해 의사소통을 할 뿐만 아니라 몸짓 언어(꼬리, 눈, 귀, 코, 털, 수염 등을 이용한 관례화된 몸짓)를 통해서도 온갖 느낌과 감정을 표현한다.

사실 고양이는 생후 1개월에서 4개월까지가 가장 중요한 시기라 할 수 있다. 이때 아깽이는 엄마에게 고양이 사회의 일원으로 살아가기 위한 다양한 삶의 방식과 사회화 교육을 받는다. 이 시기의 교육과 경험이 미래의 삶을 결정한다고 해도 과언이 아니다. 인간의 관점에서는 조기교육으로 보일지 모르겠지만, 고양이 입장에서는 이 시기에 배우지 않으면 안 될 이유가 있다. 아깽이 시절이 끝나면 자립을 해서 고양이 사회의 일원으로 살아가야 하기 때문이다.

어느 때보다 사람과의 관계가 중요해진 최근의 현실을 고양이도 모를 리 없다. 때문에 사람의 도움을 받으며 자란 어미 고양이는 인간관계에 대한 교육에도 특별히 신경을 쓴다. 어쩌면 우리도 모르는 캣맘에 대한 정보가 암암리 고양이 세계에 퍼져 있을지도 모른다. 이를테면 저쪽 골목의 캣맘이 몇 시에 급식소에 오는지, 이쪽 골목의 캣맘은 어떤 종류의 사료와 간식 레시피를 가지고 있는지, 경험 많은 어미고양이가 새끼들과 정보를 나누고 있을지도 모르겠다.

확실한 건 인간에게 우호적인 어미고양이일수록 새끼들도 인간 우호적인 고양이로 성장한다는 것이다. 집 안의 고양이도 이 시기에 집사가 접촉을 늘리고 많이 놀아줄수록 친밀한 관계로 발전한다. 길고양이 세계에서는 이른바 '캣맘에게 먹이를 얻어내는 방법' 등을 어미가 새끼에게 전수한다. 캣맘 앞에서 먹이를 원할 때의 자세나 표정을 보면 다수의 아깽이가 엄마와 똑같은 행동을 한다는 것을 알 수 있다. 이런 먹이 구애 행동은 대체로 아깽이가 독립을 하더라도 그대로 유지된다.

"오! 깨물기 좋게 생겼는데…"

아깽이의 독립에 앞서 어미고양이는 되도록 많은 것들
을 가르치려고 한다. 일부러 쥐나 새를 잡아와 아깽이 앞에 던져
놓고 사냥 훈련을 시키는가 하면, 나무 타기 시범을 몸소 선보이
기도 한다. 먹어도 되는 풀과 먹지 말아야 할 음식을 알려주고,

아깽아깽한 시절은 빠르게 지나가 버리죠. 가장 사랑스러운 묘생의 순간.

가지 말아야 할 곳과 하지 말아야 할 행동까지 일러준다. 하지만 아깽이도 몸집이 커지고, 어느 정도 세상을 알아가면서 점점 엄마 말을 듣지 않는 시기가 온다. 엄마가 불러도 오지 않고, 엄마가 말리는 행동도 서슴없이 하고야 마는 말썽쟁이 시기가 도래하는 것이다.

한번은 섬을 여행하면서 재미있는 광경을 목격했다. 눈이 아직 파란 노랑이가 빨랫줄로 장난을 치고 있었는데, 놀이에 심취한 나머지 엄마가 부르는데도 냥루랄라 자리를 옮겨가며 빨랫줄만 잡아당기고 있었다. 보다 못한 엄마가 아깽이 놀이터로 찾아왔고, 결국 목덜미를 물어 강제로 귀가를 시켰다. 가만 보니 이 엄마는 아깽이가 밖으로 놀러 다니는 것을 탐탁잖게 여기는 듯했다. 몇 시간 뒤 노랑이가 도로 쪽으로 나가 다른 고양이와 어울려 놀고 있는 모습을 보고도 기어이 목덜미를 물고 강제로 귀가를 시켰다. 뿐만 아니라 담장 아래서 장대 오르기 놀이를 하던 크림이 아깽이마저 집으로 물어 날랐다. 보기에 따라선 과잉보호로 볼 수 있지만, 엄마의 입장에서는 자신의 시선 밖에서 놀고 있는 아깽이가 불안했던 것이다.

"츄르 먹고 갈래?"

사실 아깽이가 엄마 말을 듣지 않을 정도로 자랐다면, 독립할 날도 머지않았다는 얘기다. 아깽이 시절은 빠르게 지나간다. 아깽이의 영양 상태가 좋다면 6개월만 지나도 신체의 성장이 성묘에 가깝게 자란다. 무엇보다 흥미로운 점은 눈 색의 변화

만으로도 아깽이 시절의 처음과 끝을 가늠할 수 있다는 것이다. 본디 고양이는 청회색 눈을 가지고 태어나는데, 자라면서 초록색, 호박색, 파랑색, 갈색 등 다양한 색깔로 변한다. 대체로 생후 한 달이 지나면 눈 색깔이 조금씩 변하기 시작해 4개월 무렵이면 고유의 색깔로 자리잡는다. 이 또한 아깽이가 독립할 날이 머지않았다는 신호인 셈이다.

"네 안을 들여다보렴. 넌 네가 생각하는 것보다 더 큰 존재란다." - <라이온 킹> 중

고양이가 고양이답게 산다는 건 참 쉽고도 어려운 일입니다.

달동네 달덩이 아깽이.

태어나 보니 고양이였고, 달동네였고, 지붕 위였어요.

엄마는 지붕이야말로 사람의 손길이 닿지 않는 가장 안전한 곳이라 말하지만,
아깽이에겐 답답하고 심심해서 하루빨리 벗어나고 싶은 곳일 뿐이죠.

"이케이케 하면 되는 거냐옹?" 엄마 따라쟁이.

열심히 배우고 익히면 지붕을 벗어나 저 아래로 내려갈 날도 빨리 올까요?

이깟 그루밍 따위,
가끔은 엄마 없을 때 혼자 연습도 해보지만, 역시 쉽지는 않군요.

엄마는 말했죠.
고양이는 얼굴이라고. 그래서 각별히 얼굴에 신경을 씁니다.

주먹의 세계에서 살아남으려면 주먹 관리도 필수죠.

그렇게 인상까지 찌푸리며 그루밍할 일이냥?

하지만 표정 관리는 잘 안 되는 모양입니다.

오늘 밥값은 발라당으로 지불하겠다냥! 귀여움은 팁이다옹!

요 녀석은 벌써 엄마에게 필살기를 배웠군요.

묘생 뭐 있냐옹? 뒹굴뒹굴… 너무 애쓰지 말라옹!

굳이 애쓰지 않아도 되는데, 사람의 마음을 얻으려고 노력하는 모습이 가상합니다.

다들 내 식빵 굽는 모습에 반한 모양이군, 후훗!

고양이는 정말 다양한 자세와 행동으로 매력을 발산하죠.

엄마에게 전수받은 꼬리 언어는
자신의 감정과 의사를 표현할 때 가장 확실한 수단이 됩니다.

오늘 묘치원 수업은 나무 타기다.

가끔 아빠가 육아를 돕겠다며 나무 타기 시범을 선보이기도 하지만,
대개는 자기 과시만 하고 끝나는 경우가 허다하죠.

"나 지금 떨고 있냐?"

엄마는 말합니다.
기술보다 용기가 필요한 순간이 있다고.

요 녀석들 아직 먹어야 할 것과 먹지 말아야 할 것을 배우지 못한 모양이군요.

더러 엄마한테 들은 적도 없는 일생일대의 사냥감을 만나기도 하죠.

난생 처음 메뚜기를 만난 이 녀석은
십중팔구 엄마한테 달려가 방금 자신이 얼마나 엄청난 상대와 사투를 벌였는지
앙낭냥냥 고해바칠 게 분명합니다.

"오구오구! 울 언니 얼굴이 이게 뭐냥?"

배움은 끝이 없습니다.
세상을 살아가며 겪게 될 거의 모든 것을 엄마에게 배운다고 해도 틀린 말이 아니죠.
사회생활이나 이웃과의 관계도 그중 하나입니다.

"이놈! 이걸 그냥 확 껴안아버릴 테닷!"

사회생활을 하다 보면 나에게 호의적인 냥이도, 적대적인 냥이도 만나게 되죠.

겁 없이 언니의 따귀를 때린 아깽이… 그 결과는?
그래도 마지막은 훈훈하게 마무리.

그 어떤 경우에도 스스로를 과대평가하는 건 금물이에요.

"따라하지 마!" "뜨르흐지 므!"
"하지 말랬지." "흐지 믈랬지."
"너 잡히면 죽는다!" "느 즙으브르…"

당당한 것과 무모한 것은 다릅니다.

"자꾸 하악거리면 울 엄마 불러온다냥!"

그렇다고 미리부터 위축될 필요는 없어요.

"나는 엄청 빠르지. 아마 안 보일 거다."

안되겠다 싶으면 도망치는 거죠. 위험을 보고 도망치는 건 비겁한 게 아니에요.
위험에 맞서 싸우는 게 무모한 짓이죠.

"우리는 자비가 없다냥!" 뒷골목의 심장폭행단.

어쩌면 요즘 고양이들에게 가장 중요한 덕목은 인간관계일지도 몰라요.

"엄마! 저 인간 누구야?" "응, 우리한테 밥 배달하는 택배 아저씨야!"

좋은 사람인지 아닌지에 대한 판단은 경험 많은 엄마의 의견을 따르면 틀림이 없죠.

엄마: 잘 봐. 캔따개를 만나면 맡겨놓은 거 받아내듯 이르케 눈에 힘을 빡! 절대 당당함을 잃어서는 안 돼. 알았지?
당돌이: 응, 엄마! 일케 힘을 팍… 아 근데, 눈 아파 엄마!

아이들은 위낙에 영악해서 하나를 알려주면 열을 깨우칩니다.

그렇다면 녀석은 독립을 한 뒤에도 엄마의 가르침을 잘 따르고 있을까요?

청출어람이 따로 없죠.

"아니, 쫌 더 눈꼬리를 치켜올리고, 엄마 친구 아들 하는 거 봤지? 눈에 힘을 빡 주라니까!"
"근데, 엄마! 꼭 이렇게까지 해야 돼?"

옛날의 방식을 요즘 아이들에게 무리하게 강요하는 건 옳지 않아요.

"엄마가 그러는데, 눈 치켜뜨고 이런 거 안 해도 난 가만히 앉아만 있음 밥이 나온다고… 정말이냥?"

현명한 엄마는 시대의 흐름에 맞는 훈육을 하죠.

묘생은 기다림의 연속입니다. 어려서는 엄마와 밥만 기다리면 되지만,
나중에는 모든 것을 기다려야 한다는 사실을 아이들은 아직 모릅니다.

모를 때가 좋은 거죠. 알면 힘들어질 테니까요.

숲에서 이런 녀석이 지켜보고 있었다. "호, 혹시 너 여우세요?"

세상에는 무수한 위험이 도사리고 있지만, 그보다 많은 즐거움과 먹을 것도 널려 있어요.

아침 일찍 밥 배달 나섰는데, 처음부터 이렇게 강력한 끝판왕을 만나면 어쩌자는 거냐!

녀석들은 일찌감치 눈빛만으로 캔따개의 주머니를 털 수 있다는 사실을 터득한 것 같군요.

"이모~! 여기 시원한 츄르라떼 한잔이요~!"

좀 더 과감하고 용감해도 괜찮아요.

나를 만지는 건 자유지만, 물리는 건 각오해라.

고양이로서의 자존심은 지켜야 하지만

고양이와 악수.

친절한 사람에게까지 발톱을 세울 필요는 없어요.

인생은 짧고 고양이는 귀엽지.

좋아하는 사람과 함께 사는 세상을 도모해도 괜찮겠죠.

오늘의 작업을 도와줄 보조 일꾼을 구했다.

일손 따위 도와주지 않아도, 고양이는 그저 존재하는 것만으로도 충분합니다.

고양이가 바라는 건 아름답고 인정이 넘치는 그런 세상이 아니에요.
모두에게 사랑받고, 인정받는 그런 세상이 아니에요.
고양이가 고양이답게 사는 세상, 그뿐이죠.

"아, 어떻게 살까…!"

사실 똥꼬발랄할 것만 같은 아깽이도 고민이 많답니다.

아깽이도 꼬물이 시절이 지나면 슬슬 엄마 말을 안 듣는다.
엄마가 빨리 오라고 한참을 불러도 딴짓할 거 다 하고 "왜 불러!" 하면서 천천히 온다.

언제까지 품안의 자식으로 살 수만은 없어요.

"이눔아! 집은 엉망으로 해놓고 아침부터 어딜 또 나가려고."

하지만 엄마 눈에는 여전히 녀석이 세상 물정 모르는 허당에 말썽쟁이일 뿐이죠.

"이눔시키! 왼종일 오락실에서 게임이나 해쌌구. 퍼뜩 집에 안 가?"
"응, 안 가!"

공부는 뒷전이고, 노는 것에만 정신 팔린 자식을 보면 엄마는 한숨이 저절로 나와요.
"저것이 고양이 구실은 할까?"

결국 엄마에게 강제 귀가당하는 아깽이.

자식의 미래를 걱정하다 보면 어느새 극성 엄마가 돼 있는 자신을 발견하게 되죠.

"이눔시키! 맨날 놀러나 댕기구, 밥때가 돼두 안 들어오구. 커서 뭐 될래?"
"울 엄마 맞아? 맨날 잔소리. 아, 쫌만 더 놀다 들어간다니까!" 엄마에게 질질 끌려 강제 귀가당하는 아깽이.

엄마는 보답을 바라고 자식을 돌보는 게 아니지만,
엄마에게 보답하는 길은 스스로 묘생을 책임질 줄 아는 훌륭한 고양이가 되는 거예요.

"난 필요한 상황에서만 용감해진다. 용감하다는 건 무모하다는 것과 다른 거야." - <라이온 킹> 중

꼭 대장 고양이가 될 필요는 없어요.
그냥 고양이의 일원으로 살아가는 것만으로도 충분합니다.

아깽이 시절은 빠르게 지나갑니다.
몸집이 부풀고, 눈 색이 변한다는 건 독립할 시기가 점점 다가온다는 얘기죠.

아깽이가 처음 지구에 올 때는 눈 속에 우주를 담아왔지만,
이제부턴 낱낱의 현실을 눈에 담게 될 거예요.

제4부
고양이계의 일원으로

결국엔 귀여움이 세상을 지배할 거고,
최후의 승자는 고양이가 될 거예요

아깽이가 태어나 독립을 하고 온전한 자기만의 영역을 구축해 살아갈 확률은 30퍼센트가 되지 않는다. 70퍼센트 이상은 제대로 된 독립생활을 해보지도 못한 채 무지개다리를 건넌다는 얘기다. 설령 독립을 해서 고양이 사회의 일원으로 살아간다 해도 그들의 수명은 3년 안팎에 불과하다. 천적과 인간의 위협, 먹이 부족, 열악한 환경, 질병, 교통사고의 위험까지 현실 세계에서는 고양이의 안전과 수명을 위협하는 요소가 넘쳐난다.

아깽이가 독립을 해서 당당히 성묘가 된 것만으로도 엄청난 행운이고 축복이다. 여기에는 어미고양이의 절대적인 사랑과 희생이 숨어 있다. 대체로 어미고양이는 새끼가 생후 4개월이 지나면 독립 시기를 가늠한다. 아무리 모성애가 강한 엄마도 수유를 끊고, 더 이상의 응석도 받아주지 않는다. 사실상 어미고양이는 젖을 떼는 순간부터 정 떼기에 들어가 독립할 무렵이면 매몰차게 관계를 정리한다. 아깽이가 다가오면 하악질을 하고 때로 공격을 가하기도 한다. 아깽이의 자립을 위해 어쩔 수 없는 거리 두기인 것이다.

아깽이의 완전한 독립은 어미고양이의 결정에 따라 달라질 수 있는데, 대체로 생후 4개월부터 6개월 사이에 독립을 시키지만, 아깽이의 상태와 성별, 환경에 따라 6개월 이상 영역을 공유하기도 한다. 어미고양이가 아깽이를 생후 6개월 이전에 독립을 시키려는 이유는 생후 6개월이 지나면 첫 발정이 오기 때문이다.

독립 시기가 되면 어미고양이는 수컷 새끼에게 더 공격적인 행동을 보인다. 이는 고양이의 습성상 근친 교배를 피하기 위한 행동으로 보이는데, 수컷일수록 자신의 영역에서 멀리 떨어진 곳으로 독립을 시키는 경향이 있다. 반면 암컷 새끼에게는 상대적으로 관대한 편이다. 언제나 넉넉하게 먹이가 공급되고 안전이 보장된 장소라면 암컷 새끼를 독립시키지 않고 함께 머물러 살도록 배려하기도 한다. 물론 안전이 보장된 급식소가 많지 않은 한국에서는 암컷일지라도 독립을 시키는 경우가 더 흔한 편이다.

때에 따라선 어미고양이가 떠남으로써 아깽이에게 자신의 영역을 물려주는 경우도 있다. 이것이 병약한 아깽이에게 예외

밥그릇에 들어가 놀던 꼬물이(점례)는 1년 후 이렇게 되었습니다.

적으로 베푸는 관습인지는 밝혀진 바가 없다. 낯선 영역으로 독
립을 당한 고양이는 독립 이전에 어미고양이로부터 배운 다양한
지식과 경험을 바탕으로 자립을 해나간다. 혼자 사냥하고 혼자
잠을 자며 혼자 길을 떠나야 한다.

방울이와 순둥이(엄마) 모자의 7년 후 모습은 이렇습니다.
일찍이 TNR을 하고, 캣맘의 보살핌을 받은 덕에
이렇게 모자가 7년이란 세월을 함께할 수 있었습니다.

　　고양이의 영역은 사실 인간의 영토와는 개념이 다르다.
촘촘히 측량된 인간의 토지 구획처럼 고양이의 영역이 명확한 것
은 아니다. 어떤 영역은 상대 영역과 겹치고, 먹이가 풍부한 급식
소를 중심으로 유연한 공동 구역이 설정되기도 한다. 해당 영역

의 대장 고양이 권력과 성품에 따라 급식소 이용이 관대하기도, 또는 엄격하기도 하다. 영역 동물인 고양이는 자신이 사는 영역에서만큼은 모두가 왕초이며 여왕이지만, 실질적인 대장 고양이는 먹이가 풍부한 급식소를 장악한 실세라고 보면 맞다.

새로 독립을 한 고양이는 시행착오를 거듭하며 고양이 사회의 일원이 되어간다. 사실 예전에 비해 요즘의 고양이들은 사람과의 관계가 그 어느 때보다 중요해졌다. 고양이가 가장 손쉽게 먹이를 구하는 방법이 사람과의 관계에서 오기 때문이다. 때문에 어떤 고양이들은 인간과의 친밀한 관계를 유지하기 위해 노력하고, 인간 친화적인 삶을 생존 전략으로 삼는다. 그렇다고 해서 고양이가 사람에게 지배당하는 법은 없다. 그들은 친분을 유지하기 위해 노력하지만 결코 비굴하게 굴지는 않는다. 애당초 고양이는 인간의 즐거움보다는 스스로의 만족을 추구하며 사는 동물이다. 그들은 잠시 고양이의 세계에 인간을 머물게 할 뿐, 스스로 인간의 세계에 편입될 생각이 없다.

벼가 쑥쑥 자라듯 아이들은 금세 자랍니다.
주먹만 했던 꼬물이가 어느덧 캣초딩이 다 되었습니다.

어느 날 문득 아깽이조차도 불쑥 커버린 자신을 보고 놀라게 되죠.

뽀시래기와 캣초딩의 차이.

아껭이 시절이 끝난다는 건 스스로 묘생을 책임질 나이가 되었다는 거예요.

지붕 위의 묘족관.

조만간 아이는 엄마와 함께했던 정든 집을 떠나야 합니다.

캔밥을 맛나게 비벼주던 급식소와도 이별이죠.

이 마당의 햇살과 골목의 냄새, 도처의 발자국들은 추억이 되겠죠.

마당급식소의 단골이었던 또랑이네 가족.

이 많은 자식들을 살뜰하게 보살피고, 건강하게 키워낸
모든 엄마에게 박수를 보냅니다.

"우리는 모두 이어져 있어. 독립을 해서 각자의 길을 가더라도 잊지 마! 넌 혼자가 아니라는 사실."

이별 앞에선 어떤 말을 해도 위로가 되지 않습니다만,
묘생 2막은 지금부터 시작입니다.

묘원결의.

그래도 이 따뜻한 온기와 엄마의 냄새만은 오래오래 기억날 겁니다.

더 이상 엄마가 오지 않는다고 생각하면 두려움이 앞서지만,
이건 받아들여야만 하는 고양이 세계의 질서이고 법칙이죠.

"저리 가! 그만 좀 따라다녀!"

아직 마음의 준비가 안 된 아이는 엄마의 정 떼기가 야속하기만 하고,
엄마는 엄마대로 맘이 편치 않습니다.

지구 정복 따위 독수리 5형제에게 맡기고… 난 그냥 여기서 잠이나 잘란다.

그렇게 어제의 뽀시래기는 내일의 성묘가 되어갑니다.

"아, 날씨 참 좋다."

이제부턴 혼자서 밥을 구하고, 혼자서 잠을 자고,
혼자서 모든 것을 해결해야 하는 단독자의 삶을 살아야 하죠.

이제부턴 돌봐줄 엄마도 없으니 스스로 자신을 돌봐야 합니다.

"(살짝 떨리지만) 당당하게 걸어 들어가는 거야."

발품을 팔아 새로운 급식소도 뚫어야 하고

신참 고양이로서 급식소 선배들에게 눈치껏 행동할 줄도 알아야 하죠.

여기 캣맘이 누구냥? 눈이 와서 사료가 묻힌 거 안 보이냥?

뜻대로 되지 않는다고 해서 자신을 탓할 필요는 없어요.

엄마한테 배운 대로 일단 길을 막아서긴 했는데,
그다음 어떻게 해야 할지 몰라서 그냥 멀뚱하게 앉아 있는 냥아치 초보.

처음부터 완벽할 순 없잖아요. 때로 멋지게 실패하는 것도 나쁘지 않아요.

이 정도면 간식 득템률 100퍼센트 표정 아니냥?

최선을 다하는 것보다 중요한 건 최선을 다해야 할 때가 언제인가를 아는 거죠.

입술에 잔뜩 츄르까지 묻혀놓고는 시치미 뚝, 어서 닭가슴살이나 투척하란다.

당당하다고 해서 뻔뻔한 건 아니에요.

이 아이는 엄마에게 '최대한 공손하게 먹이를 요구할 것'이라고 교육을 받았나 봐요.
공손하게 내 주머니를 다 털어갔네요.

공손하다고 해서 비굴한 것도 아니죠.

"뽕나무 밑에서 기다릴게. 퇴근하고 달려와!"

마냥 기다리지만 말고….

"아니 저기 냥아치 셩님, 일단 좀 놓고 얘기하면 안 될까요?"

살다보면 용기가 필요한 순간이 옵니다. 그럴 땐 용기를 내야 하는 법이에요.

"겨울을 나려고 털까지 찌우긴 했는데, 먹고살 길이 막막하구나!"

나무에 올라갈 용기가 없다면 원하는 열매도 얻을 수가 없죠.

엄마는 이렇게 말했어요.
"너는 곧 생의 첫 겨울을 건너게 될 거야. 언젠가 마음에 맞는 사랑을 만나게 될 것이고,
그렇게 또 엄마가 되고 아빠가 되겠지. 가장 중요한 건 살아남는 거야.
훌륭한 고양이는 멋지게 사는 고양이가 아니야. 끝까지 살아남는 고양이라고."

잠시 당신의 처마 밑에 쉬었다 갈게요.

어제와 똑같은 오늘은 없어요.
좋은 쪽이든, 나쁜 쪽이든 세상은 변하고, 변한 만큼 '나'도 달라져야 하죠.
매일 내가 좋아하는 츄르만 먹고 살 순 없어요.

"아, 발 시려!"

하루하루 건너가는 이 시간 여행을 기꺼이 받아들이세요.
엄마랑 살던 과거로 돌아가거나 춥지 않은 미래로 날아가는 타임머신은 없답니다.

"아, 하늘도 무심하시지!"

하늘을 원망해도 소용없어요.

"아저씨처럼 뚠뚠하고 훌륭한 냥이가 되려면 어떡해야 하나요?" "너 지금 나 놀리는 거지."

닥쳐올 겨울을 무사히 나려면 미리미리 살과 털을 찌우거나

체온을 나눌 친구라도 사귀는 게 우선이죠.

투닥투닥.
"가지 마!"
"잡지 마!"

누군가 옆에 있다는 것만으로도 힘이 되고, 위로가 될 때가 있습니다.

당신에게 가도 될까요?

혼자서 모든 걸 다 해낼 수는 없어요.
살다보면 믿음직한 캔따개도 한 마리쯤 필요한 법이죠.

"우리한테 집사 면접 볼 생각 없냥?"

너무 힘이 들 땐 누군가에게 도와달라고 손을 내밀어보세요.
어쩌면 뜻밖의 많은 손이 당신의 손을 잡아줄지도 몰라요.

이 길 끝에 멋진 세상 따위는 존재하지 않지만, 괜찮아요.
이미 고양이로 인해 이 길은 충분히 빛나니까.

귀여움이 강한 것이다.

아무리 강한 것도 귀여움을 이길 수는 없어요.

우리 오늘도 열심히 귀여웠으니 이제 좀 쉬자.

결국엔 귀여움이 세상을 지배할 거고, 최후의 승자는 고양이가 될 거예요.

그저 그런 풍경도 화보로 만들어버리는 당신은 대체….

굳이 지구를 정복할 필요 없어요.

구기자 줄기와 교감 중.

그저 자연(自然)이 그러한 것처럼

그냥 거기 있어주기만 하면 됩니다.

이 혹한과 폭설을 견디면 봄이 올 테고

오늘보다 나은 내일이 기다리고 있을 거예요.

내일의 행복을 위해 오늘의 불행을 감수하자는 얘기가 아니에요.

힘내자 아깽이, 불끈!

우리는 이 세상이 더 좋아질 거라고 믿어요.
최소한 지금보다는 더 많은 사람들이 고양이를 좋아하게 될 거라고.

고양이 사회의 일원으로 당당하게….

좋아하지 않아도 미워하진 않을 거라고.

부디 길 위의 날들이 평화롭기를,
아름답지 않아도 아프지 않기를, 복되지 않아도 고되지 않기를….
마음을 모아 기도합니다.

그 어느 때보다 바쁜 일상을 사는 우리에게 고양이라는 존재는 무엇일까요? 고양이와 관계를 맺은 이상 그들의 묘생은 우리의 인생과 긴밀하게 연결돼 있습니다. 알게 모르게 영향을 주고받으며, 도움을 주는 만큼 도움도 받습니다. 웃음을 잃은 우리에게 웃음을 주고, 외로운 마음을 달래주기도 하죠. 그러나 무엇보다 내 옆에 고양이가 있다는 것만으로도 그들의 역할은 충분해 보입니다.

사실 고양이에게 어디서 태어났는지는 중요하지 않습니다. 길에서 태어나 길고양이로 사는 것을 부끄러워하는 고양이는 없습니다. 주어진 환경과 조건에 관계없이 그들은 담담하게 자신의 길을 걸어갈 뿐이죠. 어렵게 살아도 비관하는 법이 없고, 치열하게 살지만 서두르지도 않습니다. 언제나 나는 그런 고양이와 함께하는 게 좋았고, 그들이 곁에 있어서 고마웠습니다. 이 책은 바로 그것에 대한 기록입니다.

다만 이번 책이 그동안 펴낸 고양이책과 다른 점이라면 처음부터 끝까지 아깽이에 대한 사진과 이야기로 이어져 있다는 것입니다. 아깽이가 태어나고 자라서 독립할 때까지의 모습을 담은 말 그대로 아깽이 성장 스토리라 할 수 있습니다.

본래 이 책에 대한 구상은 7~8년 전으로 거슬러 올라갑니다. 당시에는 막연하게 아깽이 사진이 가득한 책을 펴내자는 생각이었지만, 해를 거듭할수록 아깽이를 좀 더 다양하고 체계적으로 기록해보자는 생각으로 옮겨갔습니다. 이후 아깽이의 탄생부터 성장, 육묘, 놀이, 훈육은 물론 독립에 이르기까지를 틈틈이 사진으로 담아두었습니다. 그 7~8년의 꾸준한 기록이 바로 이번 책으로 나오게 된 것입니다.

이토록 우울한 세상에 웃을 일이 없다는 게 참으로 우울한 일이지만, 이 하찮은 아깽이 사진과 이야기가 고양이만 한 위로가 되었으면 좋겠습니다. 세상을 비관하지 않고 사뿐사뿐 걸어가는 아깽이의 발걸음이 우리를 한 걸음 더 명랑한 세상으로 데려다주기를 바랍니다. 그리고 지금 이 순간에도 묘생의 곁을 지키며 함께 동행하는 모든 인생에게도 아낌없는 응원을 보냅니다.

2019년 이용한

인생은 짧고 고양이는 귀엽지

초판 1쇄 발행 2019년 12월 10일 **초판 2쇄 발행** 2019년 12월 18일

지은이 이용한
펴낸이 연준혁

출판 2본부 이사 이진영
출판 6분사 분사장 정낙정
디자인 urbook

펴낸곳 (주)위즈덤하우스 미디어그룹 **출판등록** 2000년 5월 23일 제13-1071호
주소 (410-380) 경기도 고양시 일산동구 정발산로 43-20 센트럴프라자 6층
전화 (031)936-4000 **팩스** (031)903-3893 **홈페이지** www.wisdomhouse.co.kr

값 14,800원
ISBN 979-11-90427-22-7 02810

이 도서의 국립중앙도서관 출판예정도서목록(CIP)은 서지정보유통지원시스템 홈페이지
(http://seoji.nl.go.kr)와 국가자료공동목록시스템(http://www.nl.go.kr/kolisnet)에서
이용하실 수 있습니다.(CIP제어번호: CIP2019047055)